Dies
gehört

Qualität von Oetinger

Büchersterne

Liebe Eltern,

Lesenlernen ist eine Meisterleistung. Es gelingt nur Schritt für Schritt. Unsere Erstlesebücher in drei Lesestufen unterstützen Ihr Kind dabei optimal. In den Büchern für die 1. Klasse erleichtert eine große Fibelschrift das Lesen, und der hohe Bildanteil hilft, das Gelesene zu verstehen.
Mit beliebten Kinderbuchfiguren von bekannten Autorinnen und Autoren macht das Lesenlernen Spaß. 16 Seiten Leserätsel im Buch laden zu einer spielerischen Auseinandersetzung mit dem Text ein.
So werden aus Leseanfängern Leseprofis!

Manfred Wespel

Prof. Dr. Manfred Wespel

Büchersterne – damit das Lesenlernen Spaß macht!

www.buechersterne.de

Mit Büchersterne-Rätselwelt

Rüdiger Bertram

COOLMAN und ich

Helden des Schulbasars

Bilder von
Heribert Schulmeyer

Verlag Friedrich Oetinger · Hamburg

Inhalt

1. Basteln für Afrika

Mein Name ist Kai.
Ich bin sechs Jahre alt
und gehe in die Schule.

Heute lernen wir nicht.
Heute basteln wir.

Ich mag Basteln.
COOLMAN auch.

„Super, wir bauen
eine Rakete“,
sagt COOLMAN.
„Damit fliegen wir
zum Mond!“

Zum Glück hört
ihn keiner.
COOLMAN höre nur ich.
Für andere ist
er unsichtbar.

Manchmal hat er
tolle Ideen.
Manchmal nicht.

„Eine Rakete ist
viel zu schwer“,
sage ich.
„Schade“, sagt COOLMAN.
„Dann basteln wir eben
ein echtes Rennauto!“

„Was ihr bastelt,
verkaufen wir
auf dem Schulfest“,
sagt unsere Lehrerin.

„Hurra, wir werden reich!“,
ruft COOLMAN.

Aber das stimmt nicht.

Das Geld sammeln wir
für eine Schule in Afrika.
Das finde ich gut.
COOLMAN nicht.

„Die armen Kinder“,
sagt er.
„Die müssen dann ja
auch zur Schule.“

Ich gehe gerne
zur Schule.
Dort treffe ich
meinen Freund Finn.

Finn und ich
basteln zusammen.
Zusammen ist
es leichter.

„Und was mache ich?“,
fragt COOLMAN beleidigt.

„Du kannst ja dein
Rennauto bauen“,
schlage ich vor.

Aber COOLMAN
möchte lieber
Verstecken spielen.

2. Vorsicht Drachen!

„Wir basteln Drachen“,
sagt unsere Lehrerin.
„Die passen zum Herbst.“

„Hilfe!“, ruft COOLMAN.
„Wo ist der Feuerlöscher?“

„Warum?“, frage ich.

„Drachen spucken doch Feuer“, sagt COOLMAN.

„Aber nicht solche“, beruhige ich ihn.

Wir basteln Drachen aus Papier. Die kann man steigen lassen.

Finn und ich
bauen zuerst
einen Rahmen.

Dann kleben wir
Papier über
das Holz.

Am Ende pinseln wir
das Papier bunt an.

Unser Drachen sieht
aber nicht aus
wie ein Drache.

Unser Drachen
sieht aus wie
ein Elefant.

COOLMAN hat
auch einen Drachen
gebastelt.

Seiner hat Flügel
und sieht richtig
echt aus.

„Feuer spucken
kann der auch“,
sagt COOLMAN.

Aber das glaube
ich ihm nicht.

3. Wenn der Wind weht

In der Pause lassen wir
unsere Drachen steigen.
Draußen auf
dem Schulhof.

Wir wollen gucken,
ob sie auch fliegen.

„Mein Drachen
fliegt am besten“,
sagt COOLMAN
und rennt los.

„Ohne Wind
geht das aber nicht“,
erkläre ich COOLMAN.

„Ich brauche keinen Wind“,
erwidert COOLMAN.
„Ich puste.“

COOLMAN pustet
und pustet.
Bis sein Gesicht
ganz rot ist.

Aber sein Drachen
will einfach
nicht fliegen.

„Dann nehme ich
eben einen Föhn“,
sagt COOLMAN.

Auf einmal kommt
doch Wind auf.

Finn und ich laufen los.
Unser Elefanten-Drachen
steigt höher und höher.

„Guck mal, COOLMAN“,
rufe ich.

Aber COOLMAN
hört mich nicht.

Ich winke ihm mit
beiden Händen zu.
Dabei lasse ich
die Leine los.

Unser Drachen
fliegt davon.

„Der fliegt super!“,
ruft Finn begeistert.

Das stimmt.
Leider können
wir ihn jetzt
nicht mehr verkaufen.

4. Fiese Monster

„Bastelt doch lieber
mit Kastanien“,
sagt unsere Lehrerin.

Das finde ich gut.
Kastanien können
nicht wegfliegen.

„Lecker, lecker!
Ich liebe Kastanien“,
ruft COOLMAN.
„Am liebsten geröstet.“

„Die sind nicht
zum Essen.
Die sind zum Basteln“,
sage ich.

Aus Zahnstochern
und Kastanien
bastele ich
ein Schwein.

„Langweilig!“,
sagt COOLMAN.

„Hast du eine
bessere Idee?“,
frage ich ihn.

„Klar“, sagt COOLMAN.
„Wir können
fiese Monster basteln.“

Das ist eine
super Idee!

Monster sind nicht
so langweilig
wie Schweine.

Ich erzähle das Finn.
Der findet die Idee
genauso gut wie ich.

Aus den Kastanien
basteln wir Monster.
Ganz, ganz viele.

Finn und ich
hören erst auf,
als keine Kastanien
mehr übrig sind.

„Was ist das denn?“,
fragt unsere Lehrerin.

„Das ist cool!“, sage ich.
„Ja, richtig cool“, sagt Finn.

Unsere Lehrerin
findet das nicht.

Verkaufen dürfen
wir die Monster trotzdem.

5. Kauft, Leute, kauft!

Beim Schulfest
verkaufen wir alles
was wir gebastelt haben.

Unsere Eltern
sind auch gekommen.

Die Kinder rechts von uns
verkaufen ihre Drachen
an die Besucher.

Die Kinder links
verkaufen Schweine
aus Kastanien.

Wir sind die Einzigen,
die Monster verkaufen.

„Kauft alle bei Kai!
Nur hier gibt es
tolle Monster.
Extra-fies!“,
ruft COOLMAN.

Er macht Werbung
für uns.

Aber die brauchen
wir gar nicht.

Alle Kinder wollen
unsere Monster kaufen.

Nach zehn Minuten
sind wir ausverkauft.

Mit unseren Monstern haben wir viel Geld verdient.

„Das reicht für drei Eisbecher“, sagt COOLMAN.

Doch das Geld ist
ja nicht für uns.
Wir spenden es
lieber an die Schule
in Afrika.

Zu Hause wollen
Finn und ich
noch mehr Monster
basteln.

Die verkaufen wir dann
auf dem Flohmarkt.

Dieses Mal behalten
wir das Geld.
Davon kaufen wir
dann einen Eisbecher.
Und COOLMAN
kriegt auch was ab.

Willkommen in der

Büchersterne

Rätselwelt

Büchersterne-Rätselwelt

Hast du Lust auf noch mehr Lesespaß?

Die kleinen Büchersterne haben sich tolle Rätsel und spannende Spiele für dich ausgedacht.
Auf der nächsten Seite geht es schon los!

Wir wünschen dir viel Spaß!

Lösungen auf Seite 56–57

Bild-
salat

Kannst du die Bilder den richtigen Sätzen zuordnen?

Heute lernen wir nicht.
Heute **basteln** wir.

Unser Drache sieht aus
wie ein **Elefant**.

COOLMAN macht
Werbung für uns.

Alle Kinder wollen unsere
Monster kaufen.

1

2

3

4

Kuddel-
muddel

Welche Wörter passen nicht dazu? Schreibe sie auf!

Papier – Schere – Eis – Kleber

Kai – Lasse – Finn – COOLMAN

Afrika – Geld – Fußball – Schule

„Die sind nicht zum Essen."

„Bastelt doch lieber mit Kastanien."

„Lecker, lecker! Ich liebe Kastanien. Am liebsten geröstet."

Wer sagt was?

Kannst du die Sprechblasen den richtigen Figuren zuordnen?

Spür-
nase

Auf welchen Seiten findest du diese Ausschnitte?

1

2

3

4

Wie alt ist Kai?

Nach wie vielen Minuten sind Kai und Finn ausverkauft?

Für wie viele Eisbecher reicht das Geld?

Findest du die gesuchten Zahlen?

Zahlen-Rätsel

Lese-Rallye

Findest du den Weg durch das Buch?

Starte auf Seite 8!

Gehe zur nächsten Seite, auf der du das Mädchen mit dem rosa T-Shirt wiedersiehst.

Zähle die Zeilen und gehe so viele Seiten weiter.

Zähle die Buchstaben des letzten Wortes und blättere so viele Seiten weiter.

Wie viele Kastanien siehst du? Gehe so viele Seiten weiter.

Wie viele Kinder siehst du? Gehe so viele Seiten weiter.

Bist du bei uns angekommen?

Fehler-
bild

Im unteren Bild sind
5 Fehler. Kannst du
sie alle finden?

Puzzle

In welche Reihenfolge gehören die Bilder?

Würfel-spiel

Spiel für zwei!
Wer verkauft am schnellsten Monster?

Ihr braucht:

- 1 Würfel
- 2 Spielfiguren
- 10 Kieselsteine

Jedes Kind bekommt 5 Kiesel (Monster). Würfelt abwechselnd. Landest du auf einem Monsterfeld, hast du ein MONSTER verkauft. Lege dann einen Kiesel weg. Wer hat zuerst alle seine Monster verkauft?

Wort-
kreuze

Welche Wörter verstecken sich hier?
Finde das Lösungswort!

		K			
	P	☐	U	S	E
		I			

		D			R
A	F	☐	I	K	☐
		A			K
		C			E
		H			T
		E			E

E

I

B A ☐ T E L N

W

E

R

H E R ☐ S T

U

N

G

LÖSUNGSWORT:

☐ ☐ ☐ ☐ ☐

Rätsel-Lösungen

Alle Rätsel gelöst? Hier findest du die richtigen Antworten.

Seite 48-49 · Lese-Rallye

Seite 10
8 Zeilen → Seite 18
8 Buchstaben → Seite 26
9 Kastanien → Seite 35
3 Kinder → Seite 38

Seite 50 · Fehlerbild

Seite 51 · Puzzle

4, 2, 1, 3

Seite 54-55 · Wortkreuze

BASAR

Seite 44-45 · Bildsalat

Heute lernen wir nicht. Heute basteln wir. = Bild 4

Unser Drache sieht aus wie ein Elefant. = Bild 2

COOLMAN macht Werbung für uns. = Bild 3

Alle Kinder wollen unsere Monster kaufen. = Bild 1

Seite 44 · Kuddelmuddel

Eis
Lasse
Fußball

Seite 45 · Wer sagt was?

Kai:	„Die sind nicht zum Essen.“
COOLMAN:	„Lecker, lecker! Ich liebe Kastanien. Am liebsten geröstet.“
Lehrerin:	„Bastelt doch lieber mit Kastanien.“

Seite 46 · Spürnase

S. 7, 11, 29 und 36

Seite 47 · Zahlen-Rätsel

Kai ist 6
10 Minuten
3 Eis

1. Klasse

Super witzig! Alles von COOLMAN

Rüdiger Bertram
COOLMAN und ich.
Chaos beim Schulausflug
ISBN 978-3-7891-2434-1

Rüdiger Bertram
COOLMAN und ich.
Ran an den Ball!
ISBN 978-3-7891-2450-1

Rüdiger Bertram
COOLMAN und ich.
Ab in die Schule!
ISBN 978-3-7891-2388-7

Rüdiger Bertram
COOLMAN und ich.
Haltet den Dieb!
ISBN 978-3-7891-0441-1

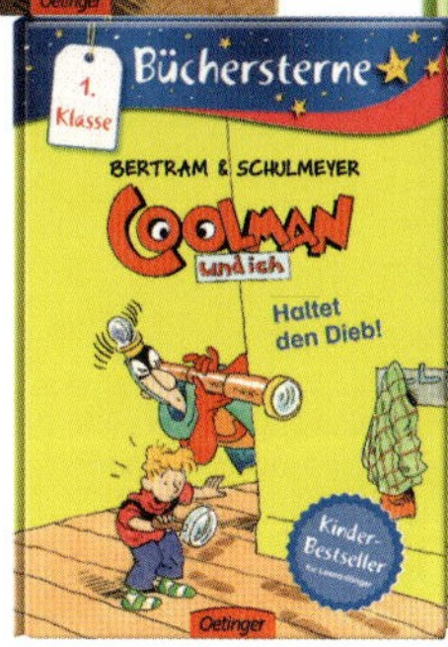

Oetinger

Alle Informationen unter:
www.buechersterne.de und www.oetinger.de

Lesespaß für Leseanfänger

Muffelfurz-gut!
Hier kommen die Olchis!

Erhard Dietl
Die stärksten Olchis der Welt
ISBN 978-3-7891-2326-9

Erhard Dietl
Das Olchi-ABC
ISBN 978-3-7891-2325-2

Erhard Dietl
Die Olchis auf Klassenfahrt
ISBN 978-3-7891-2431-0

Erhard Dietl
Die Olchis und der Schmuddel-Hund
ISBN 978-3-7891-2337-5

Oetinger

Alle Informationen unter:
www.buechersterne.de und **www.oetinger.de**

Das didaktische Konzept zu Büchersterne
wurde mit Prof. Dr. Manfred Wespel, Pädagogische Hochschule Schwäbisch Gmünd, entwickelt.

Auf www.coolmanundich.de findest du zahlreiche weitere Kinderbücher und Hörbücher von „COOLMAN und ich“.

MIX
Papier aus verantwortungsvollen Quellen
FSC® C002795
www.fsc.org

© 2017 Verlag Friedrich Oetinger GmbH
Poppenbütteler Chaussee 53, 22397 Hamburg
Alle Rechte vorbehalten
Titelbild und farbige Illustrationen von Heribert Schulmeyer
Einband- und Reihengestaltung von Manuela Kahnt,
unter Verwendung der Sternvignetten von Heike Vogel
Reproduktion: Domino Medienservice GmbH, Lübeck
Druck und Bindung: Livonia Print SIA,
Ventspils iela 50, LV-1002, Riga, Lettland
Printed 2017
ISBN 978-3-7891-0818-1

www.coolmanundich.de
www.oetinger.de
www.buechersterne.de